当代诗人自选诗

夜的大衣

高维生 著

中国书籍出版社
China Book Press

图书在版编目（CIP）数据

夜的大衣 / 高维生著 . — 北京 : 中国书籍出版社，2019.4

ISBN 978-7-5068-7238-6

Ⅰ.①夜… Ⅱ.①高… Ⅲ.①诗集－中国－当代 Ⅳ.① I227

中国版本图书馆 CIP 数据核字（2019）第 027539 号

夜的大衣

高维生　著

图书策划	成晓春　崔付建
责任编辑	成晓春
责任印制	孙马飞　马　芝
出版发行	中国书籍出版社
地　　址	北京市丰台区三路居路 97 号（邮编：100073）
电　　话	（010）52257143（总编室）（010）52257140（发行部）
电子邮箱	eo@chinabp.com.cn
经　　销	全国新华书店
印　　刷	三河市华东印刷有限公司
开　　本	880 毫米 ×1230 毫米　1/32
字　　数	70 千字
印　　张	6.5
版　　次	2019 年 4 月第 1 版　2019 年 4 月第 1 次印刷
书　　号	ISBN 978-7-5068-7238-6
定　　价	42.00 元

版权所有　翻印必究

目录 / Contents

第一辑　诗选（2006~2007年）

002　装满季节的木桶
004　喝　茶
006　河流童话
008　夜晚，有一只狗在叫
009　夜的大衣
010　冬　天
012　我的吻
014　老土布
016　新拖鞋
018　秋的风
019　下　午
021　夜晚是筐
022　诗人的山洞
025　冬日的阳光

027　孤独的鹰

029　丢失的棕色笔记本

031　北中国的风

033　编辑部

035　给朋友写信

037　北方的清晨

038　信

040　卖葫芦丝的人

042　送儿子上学

044　风中穿行

046　北方，我丢失一首诗

048　时间是鲜果汁

050　旅　馆

第二辑　诗选（2008~2009年）

054　洪楼广场

056　花格子围巾

058　古城墙

060　修复过去的事情

062　窗台上的白猫

064　站在广场边上

066　回忆自己

069　春　天

071　最后的苹果

073　痛　苦
076　中性笔
079　酒杯盛满月光
081　码　头
084　谷　雨
086　倾听夜空
088　孤独的猫
090　忧郁的季节
092　灯　光
094　在水边等待
095　黑鸟儿
097　老人和狗儿
099　挤出窗外的目光
101　捕捉一朵月光
103　灯光和夜色较量
105　你的眼睛爬满渴望
107　北方的麦地
109　碎裂的光瓣
111　想象快活地散步
113　梦是劫持者
115　旋舞的曲线
117　脑袋是火的源头
119　风推起购物车
121　耳朵是孤岛
123　黑色的火焰

124　不让梦的源头干涸

126　把夜当做琴

第三辑　诗选（2010~2011年）

130　窗口是一扇大门

132　人和风较量

133　贮藏的旧气息

135　甩一下中性笔

136　等待孤独的降临

137　画出鸟儿

138　老故事

139　选择最佳的方式

140　右手撩动

141　拧亮情绪的油灯

142　黑暗的天空

143　踏响老楼的台阶

145　填写象形的汉字

146　飘满霉味的午后

147　光焰的闪动

148　取出那朵光

149　寻找梦在什么地方

151　潮湿的江南

152　南方在身体里生长

153　剖开它的核

第四辑　诗选（2012~2013年）

- 156　寻找你的故乡
- 157　敲开黎明的大门
- 158　听你梦中的呼噜
- 159　春天读书
- 160　灯光剪出影子
- 162　等待空姐送来热咖啡

第五辑　诗选（2014~2015年）

- 166　那是诗人的故乡
- 167　温暖的阳光
- 169　透过老花镜
- 170　声音的种子
- 171　开始的时候
- 172　看一眼墙上的表
- 173　吞咽草的味道
- 175　标注音符下
- 176　感受金色的灼伤
- 177　突发的奇想
- 178　讲述记忆的故事
- 179　搭乘金马车
- 180　练习演奏
- 181　目光爬出苔藓

- 182 沿着这条河漂流
- 183 挥动手中的勺子
- 185 让湿冷灼疼

第六辑　诗选（2014~2015年）

- 188 雨的盛宴
- 189 嘹亮地在雨中飞行
- 190 敞开窗子交给风儿
- 192 旷野升起篝火
- 193 梦生出新芽
- 195 寻找字的谜底
- 196 带着冰冷的诗意
- 198 片　断
- 199 清寒中的感受
- 200 等待睡眠那个怪物

第一辑 诗选(2006~2007年)

装满季节的木桶

深秋凝固的灰色
干枯的厚重
北去的鸟儿
遗下记忆的羽毛

从羽毛的茎管
感受曾经流淌的血脉
它是一条丰沛的大河
滋养生命

麻雀适应北方的寒冷
身上的绒毛
宛若温暖的房子
躲在里面避风挡雪

清晨被窗外的鸟儿叫醒
手机定下的闹钟
如迟到的员工
慌张地走进办公室

每天窗台上撒下小米
设下美丽的陷阱
鸟儿是装满季节的木桶
为了生存寻找食物

2006年10月23日

喝　茶

推开茶楼的门
正是阳光灿烂的下午
弹奏钢琴的长发女孩儿
音乐飞翔大厅里

选择临窗的位置
要了一壶乌龙茶
窗外是车来车往的马路
好似一部纪实片

阳光是金色的方糖
投进空间
溅出阳光的味道
溢出一段记忆

茶水滋润干燥的唇
牵扯出深刻的话题
对面坐的弟弟
我们是多年的好友

他点燃一支烟
烟雾在脸前刻出烟篆
长出一株微型的树
枝桠挂满思绪的果实

我们的谈话
被窗外汽车的鸣叫切断
犹似电线短路
思绪的通道熄灭

一壶茶很快喝光
我向朋友问道
茶楼叫什么名字
下次好再来

2006年10月27日

河流童话

一只鸟儿
衔着树叶飞来
它对河流鸣叫几声
情绪显得兴奋

河流
似一头发情的野兽
伸出带刺的舌头
舔着干硬如骨的土地

阳光的酒
灌醉河流的身体
燃烧的舌头
散发饥饿的光芒

河流经过的地方
生长一株株的树木
有了很多的草地
构筑鸟儿的家

它们在岁月的织布机上
织成一个个童话

2006年9月26日

夜晚,有一只狗在叫

有一只狗夜晚狂叫
夜推远它的叫声
漂泊着
一枚无根的落叶

也许狗发现天上的月亮
是盛满食物的盘子
它让声音击中盘子
雨水一样散落

绝望的声音
删除狗的想象
蜷起尾巴躲进窝中
掩盖它的凄凉

2006年10月15日

夜的大衣

夜披上黑色的大衣
在城市闲逛
毛茸茸的街灯
栖息它的肩头
十月的风
似一把金色的剪刀
摆弄夜的大衣
它想裁一方窗口
看睡梦中的人们
长出紫葡萄的记忆

2006年10月16日

冬 天

无雪的冬天
恰如风干的生日蛋糕
失去往日的美丽
一点点地枯干

冬天无雪
寒风是偷窥者
在城市游荡
寻找目标

太阳的光线变得无力
夏日勃起的激情消失
攀伏我的身上
沉睡记忆中

读一本画家的传记
书的名字是一个陷阱
我明知道
却一脚踏进去

一群麻雀在窗台上叫嚷
撒一把金黄的小米
麻雀的叫声扯出丝线
编织冬的景象

2006年11月19日

我的吻

我的吻
它是一个旅行者
经过长途的跋涉
走进你的村庄

我的轻吻
叩响村庄的大门
闪电一样的激情
划开你沉静的日子

我是执著的旅行者
故乡抛弃身后
为了致命的一吻
走过很长的路途

你的村庄是陷阱
但我心甘情愿
干渴的唇
为了阳光的滋润

我的吻安居这里
游逛你的村庄
躲在街头的角落
看蝴蝶栖落溪边

埋进水边的种子
茎脉的汁液
等待夜晚滴落水中
溅起吻的涟漪

        2006年11月21日

老土布

背囊是旅途中的影子
它是台上的拳击手
结实强壮
凸现胸大肌

背囊中装满途中的用具
还有一条老土布
那是我送给朋友的礼物
他生活不远的乡下

黄河水养育的棉花
纤维中藏满阳光的气味
铺在床上
融进大地的深处一般

激情是勇敢的斗士
冲破所有的阻碍
于是创造故事
有了传说

街头的灯
恍如镀光的剪刀
葡萄汁颜色的夜里
剪出浪漫的花

2006年9月29日

新拖鞋

夜晚是疯狂的邮差
叩响房间门
它要在天亮前
投出没有地址的信

屋子里的温度下降
脚抵抗不住寒冷
夏天的拖鞋放在鞋架上
穿上超市买的棉拖鞋

灰底白格的新鞋
如同温暖的房子
等待主人走进
开始一天的生活

我躺床上看书
它待在床边
是一位忠实的仆人
听候我的吩咐

我们彼此不熟悉
需要深入了解
漫长的冬天有了它
我会快乐地度过

2006年10月25日

秋的风

秋风是饥饿的狮子
在街头嚎叫
啃着水泥的骨头
发出恐惧的咀嚼

我待在屋子里
听阴森的撕扯声
不敢推开窗子
让它粗暴地闯进

风拉响黄色的警报
提醒人们
一场初降的霜
将季节送往深处

2006年11月5日

下 午

阴冷的冬日下午
缺少一缕阳光
我坐在桌前
被困意吞没掉

桌上的杯子
我长时间不动
水变得冰冷
茶叶的激情消失

一支老钢笔
笔帽丢弃一旁
铺开的稿纸
等待着

窗外是灰色天空
一只麻雀飞过
叫声嘹亮
我从迷糊中惊醒

我逃出梦中
竖起耳朵倾听
一辆警车拉响笛声
在街道上响起

       2006年12月17日

夜晚是筐

夜晚是一只筐
装满黑色的蔬菜
时间伸出布满筋的手
不小心碰翻装菜的筐

一棵棵湿淋淋的蔬菜
淌出的汁液
漫出黑色的清香
染黑一座城市

时间老人坐在街心的花坛
它喜欢肥硕的大白菜
耐心地扒菜叶
吃一口鲜嫩的菜心

2006年12月9日

诗人的山洞

阴冷的冬天
诗人发现梦中的山洞
于是选择晴朗的日子
向山洞走去

举起一支火炬
听着燃烧火焰的指引
缭绕的青烟
创作出陌生的诗句

火是农人手中的镰刀
秋天的草场
一下下地挥动
收割肥嫩的牧草

火撕裂黑暗
开出一条伸向前方的路
诗人在光影中
走向山洞的深处

诗人
不是调动想象力
而是触摸冰冷的岩石
听泉水的滴落声

风和火一见钟情
相拥山洞里
诗人在热烈的情绪下
有些控制不住

山洞里有什么
诗人不在意
这里听不清外面的声音
看不见喧闹的城市

诗人找一块地方坐下
借火的光亮
那支粗大的钢笔
吸足清澈的泉水

25K的活页本上
写下一行行诗
每一个字
溢出岩石的味道

诗人的想象力
在洞中飞翔
文字淬上山岩的色泽
泉水的单纯

诗人想在火燃烬前
携自己的诗集
走出古老的山洞
回自己的故乡

在书房中
铺开这部书稿
记忆摊晒阳光中
回味过去的经历

2006年12月11日

冬日的阳光

这一天的阳光
拉开天空的衣裳
一束光的瀑布
倒挂空中

阳光透过窗玻璃
无数条的根须
在房间的地上
想扎下根

冬日孤独的日子
躲在房间里
读一本积压的旧书
向窗外眺望

很多的时间消耗掉
回头的时候
却成为昨天

阳光执著地在房间生长
它伸出的枝桠
挂着毛茸茸的果实
飘出成熟的光

我是属阴性的
感受冷的逼迫
我探出双手
在阳光中烘烤

2006年12月13日

孤独的鹰

一只孤独的鹰
在16楼的窗外漂泊
断线的风筝一般
寻找自己的家

这儿曾经是村庄
有大片的庄稼地
小动物们藏匿其间
它们是鹰捕捉的对象

如今城市开发
触角伸进村庄
挖掘机向乡村进军
马路掩盖泥土路

村庄消失
动物成群结队地奔逃
向远方
寻找新的家园

失去捕获的猎物
又不肯离开故土
青春是褪色的衣服
鹰孤独了

鹰的眼中蓄满怀念
村庄上建起的楼群
犹似一座座墓碑
鹰变成招魂的幡

有人拿出数码相机
粗壮的镜头对准鹰
无奈距离太远
进口的相机毫无办法

2006年10月31日

丢失的棕色笔记本

那是棕色的笔记本
横格是大地上的田垄
我在上面播下文字
催生出记忆的果实

临行前把它装进背囊中
我接住飞落的情感
凌晨3点钟
借卧铺的灯光写诗

黎明是一个大背景
收获情感的麦捆
在棕色笔记本上搭成垛子
里面藏着心灵的事情

北方的一家小宾馆
我向朋友朗读笔记本上的文字
秋风耗尽旅途的疲劳
朗读被吹跑

棕色笔记本上的字迹潦草
我会在夜晚
扯出时间的丝线
缝缀每一个字

缝好的字站立起来
仿佛南归的雁
编排出感人的队形
留下一缕思念

记忆出现错位
旅行结束回到家中
翻遍背囊中的口袋
不见它的踪影

我推测它在宾馆不肯出来
喜欢房间来往的客人
记住他们
因为笔记本上有空白页

2006年10月4日

北中国的风

北中国的风
喝足60度的小烧
撕开窗子
大大咧咧地走进房子

风的欲火旺盛
火焰的小舌头
抚摸每一寸角落
急切地进入主题

长春市中区的一家旅馆
北方的十月
我居住3天
今天离开和它告别

风上演一场激情大戏
无心欣赏
窗外清洁工清扫马路
新的一天又是普通

时间风一样消逝
记忆伏在时间的河道上
我体温的雕刀
在这枚卵石上刻下篆印

风是北方的好
携着豪爽的行李卷
流浪无家
土地上拉长身影

我复制北中国的风
文字布满暖意
岁月中保存记忆
收拾东西准备新的旅行

2006年10月2日

编辑部

我的位置临窗
宽大的玻璃窗
切割一方天空
等待鸟儿从窗前飞过

编辑部是大办公室
隔断把空间分成方格
蓝色的隔壁
挂上鲁迅的木刻像

每天走进编辑部
向先生敬礼
他冷峻的目光
注视我的行动

在先生目光下工作
心变得沉稳
不会长出浮躁
读时尚的书

编辑部是组装车间
大小文章排成报版
明天的报纸
我们拼组合成的

2006年10月29日

给朋友写信

指尖跳动键盘上
跳一出孤独的单人舞
冰冷的屏幕上
排列无情感的文字

记忆中有一股气味
午夜给朋友写信
情丝隐藏文字中
充满思念

自从我使用电脑
我和纸疏远
英雄牌钢笔
放进蓝色的笔盒中

我很少再去邮局
给朋友写的信变得稀少
点击鼠标
邮件汇入光缆的通道中

失去旅途的漂泊
没有等待的滋味
给远方的信
是一件标准的公文

我保存很多过去的信
积压书橱里
偶尔翻看
回味有信的年代

        2006年11月10日

北方的清晨

北方的清晨
掀开列车的窗帘
双手做成湖状
我想盛下第一缕晨光

它在手中
荡起快乐的笑容
咯咯的笑声
遗下一段记忆

目光的水草
让鱼儿穿来游去
我在旅途
等待清晨的序歌

2006年12月5日

信

朋友从遥远的东北
寄来一封信
信封上的邮戳
宛若一张车票

我很久未收过书信
如同遇见多年的朋友
不忍心拆开
怕友情被风吹跑

朋友信中说
他居住的地方
有一片保存的湿地
能看到栖憩的仙鹤

2007年进入第二天
平原未降一场雪
信中的鹤
在眼前飘来飘去

中年人的神经脆弱
友人的信
折磨得无法入眠
想念信一样的鹤

新年敲响的钟声
荡起声音的涟漪
变作白色的鹤
在我心的湿地扎根

2007年1月2日

卖葫芦丝的人

他身上挂满葫芦丝
一路吹奏
从遥远的云南来到北方
在陌生的街头

我想走向前
买一只葫芦丝
挂书房的墙上
让涌进的阳光吹响

他属于城市中的另类
身上褪色的中山装
手工做的棉布鞋
已经踏不上时代的节拍

开屏的音符
从葫芦丝中跳出
展开美丽的羽毛
充满美好的渴望

卖葫芦丝的人
有南方人的瘦小
在北方的人群中
他被吞没

太阳躺在天窗上
懒洋洋的样子
冬日的寒风
带着南国的丝乐漂泊

2007年1月20日

送儿子上学

铁栅栏是冷酷无情的墙
阻止行人的脚步
我望着窗外停靠的列车
将驶向远方

儿子高大的身影
穿过窄小的检票口
背上的行囊
装满情感的日子

我的眼睛
犹如温情的小鹿
追逐
牵起儿子的手

每一次送儿子上学
头发中多了几根白发
儿子的思想
长出沧桑的味道

人潮水一般割断目光
如同受惊吓的小鹿
列车的长鸣
牵扯出漫长的旅途

春天的城市
构出黑白木刻
我走出候车室
记忆中多了思念

2007年2月23日

风中穿行

一阵狂风
悄悄地潜行
人们毫无准备的时候
突然袭来

风吹的头发
燃起一朵黑火焰
灰尘钻进眼睛里
寻找栖居的清泉

街道上来往的车辆
撕开风的衣裳
车里的人
观望无可奈何的大风

我吃力地蹬动自行车
躬起身子
腿部用足力气
宛如一匹负重的老马

风一阵阵地扑来
迭涌风的浪花
想把我拍倒地上
失去男人的尊严

我和风较劲
听着它得意的叫声
向我发出挑战
接受风的决斗

街道一点点退去
自行车恰似一只小船
我的脚桨叶一般
在风中穿行

       2007年4月21日

北方,我丢失一首诗

北方的长春
我丢失一首诗
它是在列车中写下
注定诗的命运

凌晨的车厢
列车轰鸣声中
偶尔有鼾声
拉响途中的梦

我借着昏弱的地灯
趴在铺位上
在棕色的笔记本上
写下一行行文字

文字孕育情感中
超过预产期
它的出生
就是成年人的思想

列车向北方奔驰
我的诗长大
北方粗糙的风
塑造诗的性格

我的诗
打开时间的门
黎明的光
划开窗帘的一角

在陌生的城市中
我再未写下一个字
笔记本遗落宾馆
那首诗开始浪迹

2007年6月11日

时间是鲜果汁

时间送来新的记忆
我在窗口迎接
天空写着季节的情绪
风儿挤进屋子

时间是鲜果汁
过不了多久
它成为记忆的珍藏
我记住这一刻

我变作蜜蜂
鼓起双翅
记忆的日子里
寻觅鲜果汁

我遇见这杯鲜果汁
唇没有碰杯壁
捕捉凝固的纹络
那是时间的灵魂

秋的天空挂满阴云
没有大雁划过的影子
渗出思恋的分子
南方是冬天的家园

2007年8月27日

旅　馆

阳光似一把刀子
从窗帘的中间穿过
它的锋利
渲染激动人心的场面

我看清梦的气息
在房间漂泊
长长的
云雾一般的飘动

梦创造的景象
犹如一篇纯净的童话
宁静的森林中
冒出一朵蘑菇

清晨的光

浇灌蘑菇长大

于是发生感人的故事

创造出生命的家园

旅馆的窗子不大

外面是喧闹的街道

房间里的童话

让中年人镀上梦的滋润

旅馆的床

是翻开的硬壳本

每一个旅人

都要写下日记

2007年8月6日

第二辑　诗选（2008～2009年）

洪楼广场

触摸教堂双尖顶的目光
让风吹断
它却不肯离开
感受宗教的宁静

人群在广场上走来走去
汽车穿梭马路上
我站在路边
有一缕阳光

新春的气息荡漾街头
蹦蹦跳跳
我和阳光相遇
彼此道一声新年快乐

街头是定音鼓

轰轰呜呜

喧闹淹没一切

我想听教堂的钟声

我扭转身体

背向教堂

目光跌落地上

被人和车流撞得七零八落

2008年2月18日

花格子围巾

一条花格子围巾
漫长的冬天
走出家门时
我把它围脖子上

冬天仓促地溃败
春天踏着绿色的舞曲
一路欢乐地走来
洗净围巾收藏起来

一年年过去
我们总是相聚冬天
绝对是老朋友
叙说离别的日子

寒冷的天气
围巾筑起坚实的屏障
抵挡扑来的寒冷
我躲在温暖中

炙热的夏天
我从未想过围巾
拉开柜子的门
去看一眼老朋友

只有到了冰天雪地
大雪纷飞
感受寒流的威逼
我才想起围巾

它从没有想过背叛
忠诚地等待
当我围脖子上
对它有歉意

春天又一次降临
围巾要回到柜子中
它变得疲惫
我让它度过长假

2008年2月21日

古城墙

最后一段古城墙
在广大的平原上
如同耄耋的老人
孤独地眺望

它等什么
回忆浸满酸涩
风化的皮肤
留下斑斑的痕迹

我在古城墙上寻找
风中枯立的野草
如同丢失的音符
发出凄凉的声音

风雨搓掉古城墙的颜色
它曾经围起一座城
盛满温馨的日子
而今缓慢地消失

面对古城墙
掀开一页史书
我在书中
听历史的回声

        2008年3月1日

修复过去的事情

我捕捉梦
没有家园的漂泊者
它总在黑夜
偷袭安静的睡眠

春天的风儿
在夜的舞台上表演
一只叫春的猫
撕扯夜的衣裳

我无法拒绝梦
它是春天的犁杖
在睡眠的大地上
开始翻耕

翻滚的泥土

散发冬眠后的清爽

流浪的人找到了家

和春风儿商量规划的目标

一声狂热的猫叫

把我吓醒

睁开受吓的眼睛

寻找梦里的情景

梦张开翅膀飘去

我无法再睡

渴望梦回来

修复过去的事情

2008年3月7日

窗台上的白猫

每天走出楼道
白猫蹲在窗台上
它的眼睛
装满我的形象

走过白猫的身边
我们的目光相遇
美丽的猫
披着白色的大衣

我吹一声口哨
对它挤挤眼
这一切的表演
它无任何反应

春天的夜晚
猫的叫声
警笛一般的尖锐
撕扯夜的安静

声音在窗外转悠
一次次地撞击玻璃
我无法集中精力
为白猫写传

蹲在窗台上白猫
目光寒暄
夜晚尽情地呼喊
等待爱情的到来

2008年3月8日

站在广场边上

湿淋淋的阴云
如同调出的色彩
堆积天空
期盼一支画笔

我站在广场的边上
等候1路公交车
我的思绪
蘸满绘画的颜色

勾勒的只是教堂的轮廓
无法清除双尖顶的尘埃
我推开古典的窗子
让想象飞翔

教堂的钟声

瞬间如烟云飘去

一次次地走过

没有听到浑厚的声音

汽车的喇叭

是一伙无情的强盗

它挤进耳朵里

修筑牢固的城堡

等待是一朵火焰

驱散普通的日子

我要坐拥挤的公交车

去陌生的地方

2008年4月1日

回忆自己

撕碎自己
摆在笨重的盘子里
夜晚的灯光下
仔细地端详

我冷漠地观察
忠诚地执行职责
不放过每一块地方
认出过去

我选择晴朗的日子
推开窗子
涌进的春风中
重新塑造

我必须忘记一切
记忆变成一堆白雪
没有任何印痕
只有风儿掠过

我们在阳光里相望
彼此交换名片
曾经是古典的性格
现在是全新的开放

宁静和狂热
两种无形的兵器
无声地交锋
制造一场惨烈的厮杀

我的情感
躲藏封闭的房间
听不清什么
不想看

我毕竟不能成为侠客
持一把剑
走遍天涯海角
劫富济贫

我手中的笔
写出的文字
无力抵抗红尘
只是写灵魂的事儿

找一片荒凉的大地
盖一间草房
做一张木床
一个人心静

我不想知道外面的世界
因为受到伤害
再没有勇气面对
眼花缭乱的色彩

        2008年3月29日

春 天

夜是铜制大茶壶
从壶嘴里倒出的夜色
舒缓而悠长
保持新鲜的色泽

欢快的春风
从遥远的地方跑来
端起月亮的杯子
倒满夜的汁水

我的手伸出窗外
做成翅膀的形状
让它变作鸟儿
发出欢快地鸣叫

风儿装满春的种子
撒落手中
凝固一片大地
种下秋天的等待

风儿悬挂窗前
筑起巢穴
它要在这里安家
繁衍后代

漫长的夜晚
拢住一团灯光
为它们
创造阳光般的温暖

电话铃声划破空间
朋友的声音走来
告诉我
江南下起一场春雨

2008年3月25日

最后的苹果

掀开盖子
我看到坛子中
躺着一只苹果
它度过漫长的冬天

我的手伸进去
取出苹果
坛子里变得空荡荡
冬天结束

苹果摆放窗台
我在寻找
采撷积贮的香味
回味过去

飘舞的记忆
送来一部秋天的短片
苹果那样羞涩
我们面对面

我拿起苹果
感受红绸般的滑爽
向冬天告别
因为春天来了

去年秋天的最后一只苹果
我不忍心把它毁坏
让牙齿撕破美丽的梦
愿看它一天天老去

2008年3月18日

痛 苦

堆积的痛苦
喜欢黑色飘舞的夜晚
张开翅膀
敲击金属一样的夜

痛苦的滋味
在夜空升起
如同绽放的礼花
划破夜的寂寞

阳光下
痛苦积压身体的深处
我训练有素的脸上
不会浮出不悦的表情

夜晚是自己的时候
痛苦快乐地跑出来
我们对酌
酒把距离拉近

喝醉的痛苦
变得更加真实
它在我的面前诉说
从不掩饰

我们相互搀扶
坐在窗前
透过那方窗口
夜空中放飞思绪

痛苦是夜的鸟儿
衔来月光的树枝
搬动夜的泥土
在我的书房筑窝

它要安居书堆里
在纸上耕耘
饮瓶中的墨水
浇灌自己的土地

望着痛苦忙碌的背影
我想伸出手
帮助它
创造美丽的家园

2008年3月16日

中性笔

这是中性笔
我去一家超市买的
喜欢它的粗笨
犹如大号的烟斗

握在手中
有了创造的欲望
笔的分量
被斑斓的梦烫伤

笔尖轻触纸上
黑线泉水一般
从源头流淌出来
冒出汩汩情丝

我听墨水歌唱
在纯净的纸上
画出一朵花
写出一个个的故事

流出一条大河
思想叠成小船
扬起精神的帆
起锚远航

画一座大山
建一幢宽敞的房子
笔中的墨水
缓慢地耗尽

有一天夜晚
我再写不出字
只是划出伤口似的痕迹
望着空荡的笔芯

顶着春天的风沙
去文具店
在服务员的注视下
买一管新笔芯

不忍丢弃旧笔杆
我们建立情感
每次捏起它的时候
温度灼伤眼睛

2008年3月12日

酒杯盛满月光

酒杯中盛满月光
坐在窗前
我眺望夜空
饮一口杯中的月光

光的汁液
散发银色的清香
爬山虎一样
攀附杯壁上

端起酒杯
感受月光的温度
独酌
也是一种境界

轻轻晃动
月光漾起涟漪
一个个日子
鱼儿似的浮出

杯中的月光
升起一缕思念
我喝下这杯酒
故乡在心中长大

       2008年3月9日

码　头

从遥远的春天来
阳光挥舞金色的剪刀
只是几下
裁出一片晴朗

山城难得的日子
雾被饥饿的光线吞没
长长的嘉陵江
躺在宽大的床上

我站在青石的台阶上
眺望江水
几只游船
如同丢弃的矿泉水瓶

船上的喇叭
吃力地叫嚷
断断续续的电流声
扯拉人的话语

我想象的情景
凝固江道的深处
烙出化石般的纹络
供后人研究

江水进入更年期
暮年的季节
情欲的消失
促使皮肤老化

眺望
在江水中摩擦
撞击出一朵火花
燃烧江面上

扒一只红毛荔枝
把湿润的果子
狠狠地投进口中
咀嚼

江水的历史
曾经的繁华
印在一本旧史志
我阅读这一页

摘下文字的小船
替它们升起帆
选择一个日子
在故乡开始远行

甩掉手上的果汁
丢掉岁月中的物事
背上行囊
我要与码头告别

2008年4月10日

谷 雨

天空似破裂的酒杯
任性地溢出雨水
它要灌醉大地
长出丰富的激情

如同逃亡的鸟儿
躲在屋子里
透过窗玻璃
听着风雨的哮叫

我是阳光的收藏者
阴郁的日子
悄悄地搬出金色
摆在窗台上

阳光绽开

生出一树枝叶

结出的果子

发出诱人的香味

我想伸出手

形成深凹的湖

让湿润的雨水

注入我的手心

2008年4月21日

倾听夜空

夜空的深处
堆积阴灰的云
它们一层层地垒起
准备一场大战

风儿如同战马
传递战争的消息
它在夜空的平原
点燃烽火的信息

我只是一旁观者
耳朵被欲来的风雨
占领阵地
急切地等待第一滴雨

春天的北方
仰起渴望的脸
干涸的目光
盼望一场大雨

坐在窗前
想着逼近的雨事
一阵撕裂的声音
扯开雨的面具

翻开笔记簿
抽掉中性笔的笔帽
在黑暗中
寻找古典的三一律

2008年4月20日

孤独的猫

一只孤独的猫
夜晚凄凉地鸣叫
声音中涨满思念
等待爱情的来临

凝滞的黑色
被尖锐的叫声刺破
犹如一条蛇
窜向夜的深处

灯光推出很远
露出一片收割的亮地
我来到阳台上
在楼前的空地寻找

想抓住声音的绳子

把猫牵引眼前

听它歌唱

记住每一句歌词

五月花开过

绿色丰富起来

热风一天天地潜伏

等待时机

这是创造的季节

猫渴望幸福的降临

眼睛格外精神

不会错过美好的时刻

我关掉灯

让夜重新涌过来

不想干扰

猫的爱情生活

2008年5月5日

忧郁的季节

透过玻璃窗子
我向外观望
雨动情地讲述
凄冷的长梦

夜色是一块墨
在天空的砚台上
均匀地研动
溶化出浓稠的汁

雨水是湿润的文字
它把物事
写在风的纸上
送往远方的故乡

忧郁的五月
思念组成燕子的形状
长出一双翅膀
穿越无边的雨夜

楼前甬路的路灯
开成一朵花
雨滴凋落的花瓣一般
散发出潮湿的气息

雨落声
如同挂窗前的风铃
送来抒情的韵律
我渴望明天的太阳

2008年5月4日

灯 光

灯光尖厉地啼叫
划破黑暗的夜
我摁动台灯的开关
听灯光的轰响

黑暗撕扯条状
吹得摇摇晃晃
灯光割出一片亮地
照在敞开的书上

一行行文字
吸足阳光的明亮
我看清字的含意
有了深刻的凝望

在台灯下
光的笼罩中
我读一本书
我寻找光明

灯光燃烧黑暗
我看见
金色的小舌头
吞噬黑色的汁液

灯光是一株大树
躲在阴凉下
休息养生
可以逃避烦恼

我的目光
流浪在人群里
灯光中
寻找栖居的家园

2008年5月13日

在水边等待

诗是生命的泥石流
剧烈地震动
在抖动中
我寻找一条通道
一只鸟儿
穿越高高的山尖
扬起手中的水杯
淌出一条河
渴望鸟儿的到来
那个夜晚
我在水边搭好帐篷
等待

2008年5月22日

黑鸟儿

黑鸟儿注视远方
薄薄的双翼
流动的激情
装满一份渴望

峭壁陡立
割断远眺的目光
渗出岩石的冰冷
凝固翅膀的温暖

黑鸟儿在山谷飞翔
留下它的影子
我的目光扫描
它走过的地方

我制作精美的镜框
把这幅画挂在书房里
使这儿有了灵性
产生巨大的力量

大自然的雄壮
黑鸟儿的鸣叫
撞弹山谷间
荡出生命的回声

我端详黑鸟儿
一种向往和渴望
驮伏翅膀上
一同飞越

        2008年5月24日

老人和狗儿

老人的眼中堆满绝望
瘦弱的身体
承担不起
巨大的灾难
走在逃难的路上
老人背篓中
有一只受惊吓的小狗
它向汶川望去
感人的情景
凝固记忆中
如同一座雕塑
我向老人敬礼
她让我懂得敬畏生命
我的情感变成影子
追随老人跋涉
让狗儿在大地上奔跑

灯光拉长夜

把老人和狗儿
推得越来越清晰

2008年5月30日

挤出窗外的目光

我的目光挤出窗外
游荡天空下
它好似一个猎人
寻找捕捉的目标

不远处的屋顶上
工人维修顶子
喷灯吐出的火焰
对准新铺的防水材料

花猫穿屋越脊
侠客一般
突然停顿脚步
发现什么情况

阳光下的一株柳树
老人推着一辆婴儿车
在树荫中
呵护童年的孩子

思绪疾飞
对面那座老水塔
塔顶生出新绿的野草
又是一年

        2008年5月31日

捕捉一朵月光

宁静的夜晚
月亮行走天空
它的光雨
播洒大地上

我从窗口伸出手
捕捉一朵月光
装在玻璃瓶中
照亮黑暗里的房间

我的手凝固半空
月光堆积
我感受潮水般的涌动
闻到温润的气息

我合拢双手
渴望跳动的月光
在掌中安静
酿造一只灯盏

张开手掌
没有月光的清流
四处飞溅
听清表的走时声

寻找手中的月光
我压抑呼喊
童话的梦想
不是这个年龄人有的

我变成黑色雕塑
呆立在那儿
月光从屋檐下滴落
荡出风铃的脆响

2008年6月1日

灯光和夜色较量

灯光的蜘蛛网
粘住夜色
我想扯下一条
仔细地察看

光与夜支起架子
纠缠一起
要把对手绊倒
重重地摔倒

我是一名裁判
保持冷静的头脑
公平地对待这场较量
不能有偏袒

没有找着哨子
无法发出准确的命令
我已看到它们
憋足一股力气

这个夜晚见不到星光
天气预报明天有雨
它们互不相让
我打了一个哈欠

        2008年6月6日

你的眼睛爬满渴望

为什么
你向往远方
展开的羽翼
注满激情

陡峭的岩壁
撕扯你的视线
凸现狰狞
阻碍飞行的路线

你的鸣叫
撞在冰冷的岩石上
发出金属的声音
荡出一种波纹

你的眼睛爬满渴望
因为山的另一面
是你的出生地
遥远的故乡

2008年6月7日

北方的麦地

六月是收获的日子
一片片麦子
在滚烫的风中
成熟了

喜悦的香气
飘出炊烟一样的热烈
堆积大地上
燃烧农人的情感

这是等待的季节
倒伏的麦子
在土地上
淌出金色的河

我在北方的麦地间
看见镰刀舞动
那种声音
是初生儿的昭示

闻到新麦的味道
凝固空气中
阳光跳跃上面
写出收获的交响乐

2008年6月7日

碎裂的光瓣

夕阳躺卧天边
耗尽最后的力气
挣扎着
说出嘱托

一抹光线
失去鲜艳的光泽
变得干枯
如落叶一般

楼前的一株柳树
残阳中
抖擞一身嫩绿
等待夜的降临

一只鸟儿

在枝头孤独地歌唱

它不肯把头转向夕阳

而是藏在浓密的枝叶间

我捕捉碎裂的光瓣

漏进树中

我用文字的线条

描出画的情景

夜驾驶黑暗

急匆匆地赶来

短时间内

收复失去的领地

2008年6月7日

想象快活地散步

星期天躺在床上
不用为工作奔波
拉开窗帘
露出一方窗口

风扑棱翅膀
快活地涌进
它们要在我的身体
筑巢安家

古老的天空下
我的思绪
填满向往的色彩
乘风飞往远方

我选择阿尔

飞进黄房子①

坐在梵·高的身边

看他把颜料涂画布上

我要用文字

为梵·高作一幅肖像

挂在房间里

我们每天面对面

鸟儿饮太多的露珠

栖落窗台上

清脆的叫声

回荡我的耳朵中

床是一个人的庄园

远离纷扰的生活

没有烦恼

想象快活地散步

2008年6月14日

---

① "黄房子"在法国阿尔小镇上，1888年梵·高搬到这里，并创作了名作《阿尔勒卧室》。

梦是劫持者

梦是一个劫持者
古老的夜晚
突如其来地闯入
我的睡眠

我丧失抵抗力
跟随梦走去
听梦的指令
开始跋涉

想看清梦的面孔
浓厚的黑色
一层层地扑面
疯狂地挥舞双臂

梦有一种魅力

无法拒绝

它的脚步声

如同美妙的歌

灵魂在夜晚

走出主体被梦牵走

辽阔的黑暗

漂泊我们

一朵光亮灼痛

睁开眼睛

天已经大亮

梦一股烟似的消失

2008年6月14日

旋舞的曲线

涌进的一股风
仿佛一只羽毛
毛茸茸的
蘸满光的颜料

夜的画布上
宣泄激情
画出旋舞的曲线
表达内心的眩晕

风自由而快乐
凸现性格
广阔的夜空
无法束缚这匹野马

黏稠的热气
被风扯得零乱
清扫每一个角落
不留一点残存

风狂呼大叫
捶胸跺地
给盛夏的城市
带来湿润的清凉

我守护窗口
享受风的抚摸
它想进来
阅读桌上的诗集

        2008年6月24日

脑袋是火的源头

一堆毒辣的阳光
装满视野
燃起热烈的篝火
我的眼光所到之处都是火焰
脑袋是火的源头
对着镜子
我孤独地寻找
火路上的情景
是否还有动人的故事
要用手中的笔探路
记上一个个标记
免得失去路的方向
我来到眼睛面前
感受残余的高温
为它配上深色的眼镜
把它和阳光隔离

那只鸟儿离开家园

开始流浪天边

那是一生的漂泊

在炎热中

躲在棒球帽的帽檐下

这一小块阴凉

有了短暂的栖息

        2008年6月27日

风推起购物车

清晨的风
排起等候的长队
我推开窗子
风的队形变得混乱
急不可待地涌来
我被风冲得招架不住
风推起购物车
在房子里转悠
挑选自己喜爱的商品

我推荐风去买蚊子
昨夜窗外狂风大作
一场久违的暴雨
喝醉一样
大耍脾气
我却与蚊子捉迷藏

用尽手段

想抓住它

那只不大的蚊子

藏满鬼心眼

我找不准它的方位

想让风买桌上的文字

A4的纸上

写下一行漂泊

如同沉重的脚印

我看着风忙碌的身影

购物车中装满块状的热

没有看精灵的蚊子

铃声响起

我要接远方的电话

         2008年6月27日

耳朵是孤岛

闭上眼睛
我与外界隔离
黑暗中耳朵醒着
在房间游荡

我的耳朵是杂物筐
盛满杂乱的东西
辐射出一条条路
各种声音奔过来

进入交配季节的猫
在夜晚
充满一种渴望
呼喊声跳跃

电动车的报警器
如同癫痫病人
痛苦中
一阵阵发作

蚊子唱着小夜曲
长夜里奔走
来到了耳朵边上
献上深情地吻

困意一伙伙地逼近
耳朵是孤岛
它在坚守
这是最后的地方

2008年6月28日

黑色的火焰

我伸出双手
迎接夜色的降临
它在掌心
燃烧起黑火焰
我注视
无数贪婪的舌头
纠缠空中
吞噬

2008年7月5日

不让梦的源头干涸

我想卖掉梦
装在漂亮盒子中
贴上标签
系上彩色的丝带

我的梦美丽
打开它
就会走进童话的世界
听古典的风声

购买者不需要动手
只要感受
忘记现实的生活
丢弃烦恼

我不断地做梦
不同的梦
装进风格各异的盒子里
让它们漂泊

留一个美梦
装订成书籍的形状
摆放书橱中
每天都能相见

梦不是天天都有的
积累的情感
不让梦的源头干涸
变成一口枯井

2008年7月10日

把夜当做琴

我把夜当做琴
在偌大的键盘上
轻轻地触碰
敲出悦耳的音符

演奏一曲
让音乐的线条
饱涨丰富的情感
在天空跳动

鲜活的符号
如同一条溪水
向深远淌去
那是美丽的地方

拧亮月光
我端坐琴前
抚琴的手
感受柔软的温暖

我不会弹奏别人的作品
心灵酿造的交响乐
很多年了
等待明天的演出

吸一口气
我抬起胳膊
指尖滚动一团火焰
燃烧黑白琴键上

2008年7月9日

第三辑　诗选（2010~2011年）

窗口是一扇大门

十七楼的窗口
装满灰色的天空
工作累了的时候
我喜欢在上面寻找
目光画下想象的景象
我要画村庄
丰富的河流
一脉山冈
最后画上茶壶
一张木躺椅
我在这里读书
感受阳光
倾听风儿的歌唱
窗口是一扇大门
我的目光从这儿出发
到天空里游荡

那种单纯在褪色
淤积太多的沧桑
把它们叠成书
存到心灵中
挂上思想的锁
我梳理胡思乱想
编织精美的鞭子
赶着目光
我们从窗口走出

2010年1月15日

人和风较量

风传输尖锐的感受
在城市的调色盘上
兑出黑色的思考
它要勾勒野兽的形象
放在坚硬的街道
闯入居民区里
一家家地弹击玻璃
暖气片停止送气
我多盖一床被子
躲在被窝中
耳朵被风揪起
装满恐怖的怪叫
星期天的时候
一个人和风较量

2010年3月25日

贮藏的旧气息

阳台是怀旧的地方
宽大的玻璃窗
招揽过多的阳光
一盆龟背竹
吞咽着金光
每一次走向阳台
我都落入记忆的陷阱
陈旧的五斗橱
推进过去的时光
在我眼前停凝
这是新婚时的家具
曾经装满新被子
幸福叠得平整
挂着对未来的向往
如今堆积杂乱的物品
木纹渗出时间的瘢痕

镜子上的水银脱落
拉开那扇门
里面贮藏的旧气息
呛出一把眼泪
阳光在老旧的镜子上
溜着花样的轮滑
我打开窗子
深吸春天的空气

         2010年3月30日

甩一下中性笔

讲台上的演讲者
目光呆滞
吐出的话语
有了浑浊的睡意
下午的窗外
没有灿烂的阳光
一座水泥大厦
被灰色的云层挤压
我想用笔
画几个小人
度过枯燥的会议
我甩一下中性笔
让笔尖流畅

2011年2月12日

等待孤独的降临

从阳光下走进黑夜
打开一盏灯
我寻找孤独
声音被墙隔断外面
思想游荡空间里
等待孤独的降临
我们将面对面地对话
为对方画文字的肖像

2011年3月17日

画出鸟儿

摘下根光线
拧成一支笔
在纸上画出鸟儿
画得丰满一些
它要奔向远方
将我的思念
投在故乡的土地上

2011年3月13日

老故事

老人坐在阳光中
讲述多年前的事情
他的手挥动
割断光线
带着霉味的往事
水一般地洇湿
手中的笔无法准确地记下
我向窗外望去
对面的楼上
竖着大幅的广告牌
我们相视
老人的故事
将现实割成一段段

2011年4月17日

选择最佳的方式

我又坐在黑暗中
用熟悉的姿势
读一本书
这是新出的书
书中的情节
却是遥远的故事
我卷入时光的尖上
突然一阵电话铃声
掐断阅读的情绪

2011年4月19日

右手撩动

黄昏的风儿
在城市中游荡
从敞开的窗子打进来
目光穿越窗口
向夕阳奔去
清亮的声音
光和影的亲近
发出密切的回响
感受是痛苦
右手撩动一下
额前被风吹乱的头发
一缕光贴在肌肤上
出现一排困意

2011年4月20日

拧亮情绪的油灯

流动的光
回归黑暗的巢穴
温暖的窝中
伸展疲惫的身体
我拧亮情绪的油灯
守护漫长的夜晚
我的唇噘起
吹出一首老歌
旋律的音符
驮着油灯的光斑
向光巢飞去

2011年4月19日

黑暗的天空

我把文字的种子

投散黑暗的天空

用光的雨水滋润成长

我执著地等待

收获季节的到来

用黎明的镰刀

收割成熟的文字

摊晒阳光下

2011年4月21日

踏响老楼的台阶

光的钟声敲响
黑暗的帷幕
一层层地落下
城市的灯光
一颗颗地亮起
家的温馨透出窗口
淡蓝色的窗帘后面
构成等待的剪影
多风沙的春天
让归家人的心
长出急切的嫩芽
脚步踏响老楼的台阶
我击掌的响声

没有引出光的出现
摸黑攀登
喘息一阵阵地排来
我走回家的门口

        2011年4月21日

填写象形的汉字

我把桌子摆放书房中
换走老式的写字台
身体装椅子里
俯身向前
填写一个个象形的汉字
要用狼毫笔
在砚台上吸足墨汁
书写存在的诗意
我看见"意"字
贮藏太多的东西

2011年4月21日

飘满霉味的午后

夏日的一天
一场大雨过后
潮潮的风儿
从窗口挤进来
从书橱中搬出一摞旧杂志
我从目录上寻找朋友的名字
一本本地翻阅
岁月在眼前流动
我晃起回忆的筛子
想起阅读时的兴奋
飘满霉味的午后

2011年7月6日

光焰的闪动

摘下黎明的光线
编织一张网
打捞梦中的鱼儿
它使睡梦变得兴奋
有几次做深呼吸
梦中鱼儿的眼睛
放出彩色的光芒
它是一篇童话的开始
伸手摩挲一下
被黑夜阻挡
我大喊一声
挣脱梦的捆绑
看到窗外的光亮
秋天带着清爽
打开新一天的大门

2011年9月3日

取出那朵光

黄昏浸透城市
喧闹的街头
我和老人坐在石台阶上
追忆过去的事情
他的目光中闪现温情
我想取出那朵光
小心地存放起来
我沿着记忆
拾起遗落的东西
让它们复活时空中
匆忙行走的人
奔跑的汽车
没有割断老人的思绪
回忆和现实激烈地撞击
我在心中记住老人的神情

2011年9月8日

寻找梦在什么地方

星期六的早上
秋天的风游荡窗外
今天是休息日
我可以任意地折取
不必为了去单位签到
追赶时间的脚步
不肯让目光冲向天空
被秋天稀释
丢在衣柜上的旧箱子
把我引向过去的事情中
秋日不是怀旧的季节
一阵轰鸣的汽车声
撕开早上的寂静

我拉一下被角
掩住露外面的脖子
寻找梦在什么地方

2011年9月24日

潮湿的江南

列车挟着北方的燥热
黑暗中一路奔跑
向着南方
九车二十七号下铺
夜的深处
我趴在窗口向外张望
一场大雨
消除车身上淤积的热
看着雨中的陌生站台
又一次体验南方的潮湿

2011年8月11日

南方在身体里生长

清晨的雨爬满窗玻璃
我泡一杯清茶
相遇南方的雨中
我不知对它讲述什么
这情景是留给未来的回味
我喝一口茶
南方在身体里生长

2011年8月12日

剖开它的核

灯下摊开地图
寻找要去的地方
地图上的符号
凝固不动
想剖开它的核
看一汪流动的情感
指尖触摸目的地
那座陌生的城市
接待渗出白发的中年人
拉杆箱立在门边
我拖着它一起奔波
箱中装有途中的物品
我把地图叠好

塞在侧兜里
可以随时地查阅
免得失去方位
丢失在不熟悉的城市中

2011年8月21日

第四辑　诗选（2012~2013 年）

寻找你的故乡

灯光在黑色的夜晚
筑起一座宫殿
挂一幅你的肖像
我在桌子上
用精美的细瓷壶
泡一壶清茶
一个人独自品尝
思绪的翅膀扯破夜空
它向远方
寻找你的故乡

2012年1月2日

敲开黎明的大门

寒冷的风

冻成一条条丝

在空中荡来飘去

失眠滋养的情感

阻断睡意的约会

我睁着疯狂的眼睛

穿越这道厚墙

披着单薄的衣服

拉开窗子

伸向夜色的手

采摘寒冷的丝

我要编一只篮子

装进火热的心

冰冷和热情

敲开黎明的大门

2012年1月3日

听你梦中的呼噜

流浪的风儿
听清你的敲门声
放下手中的活儿
去为你开门
寒冷挤出你的体温
却要把床铺献给你
有暖气的房间里
恢复疲惫的身体
捕捉你梦中的呼噜
陪你到天明

2012年1月5日

春天读书

躺在床上
听着窗外的雨声
清脆的雨滴
记录春天的故事
拿起床头柜上的书
打开书页
一场俄罗斯暴风雪
尽情发泄的日子
主人是女诗人
她站在监狱的门前
排着长长的队伍
渴望见到亲人
我看她呼出的哈气
被寒冷冻结

2013年5月3日

灯光剪出影子

黄昏在窗外
房间里的灯点亮
读托尔斯泰的一本书
他的文字扎根记忆中
长成一棵大树

已经是秋天
残余的夏热
坚守最后一块阵地
闷热榨尽身体中的水分
汗珠在皮肤上滚动

我拿起遥控器
对准空调机摁动开关
一阵凉风扑过来
我背后的灯光
在地板上剪出影子

2013年8月25日

等待空姐送来热咖啡

穿着红绒羽服
登上SC1197的航班
坐在E23临窗的位子
这儿是安全通道
左面的小窗口
仿佛注视的眼睛
在几千米的高空中
如果拉下红色的闸
通向外面的门敞开
急速飞来云和气流
脚下的深渊
是生与死幻想的扩展

一位穿白衬衣
外面套黑马甲的空姐
温情地俯下身子

向我介绍安全常识
我掏尽耳朵里的杂念
细心地记住

这一刻开始
我变成业余的警卫
不时地打量特殊的门
不知为什么
竟然有了冲动
想打开这道门
看舱外的天空

坐在那里
手指贴大腿上
等待空姐送来热咖啡

2013年11月26日

第五辑　诗选（2014~2015 年）

那是诗人的故乡

黄昏时分
我点亮一盏台灯
戴上老花镜
读辛波斯卡的诗
一双老眼睛
透过薄薄的镜片
读遥远的事情
一行行字句
引起不尽的向往
我的心奔向远方
那是诗人的故乡

2014年3月1日

温暖的阳光

灵魂你要去哪儿
三月的阳光
逐散阴沉的日子
窗前吊兰垂下的茎蔓
爬满绿色的叶子
这样的时候
你抛弃我离去
将我甩落屋子里

一种焦虑
在身体中乱窜
我要摘温暖的阳光
铺在胸前

流浪的心灵
请你留一会儿

听几句叮嘱
我已经泡好热茶
请你滋润一下
春风吹拂的嘴唇

2014年4月10日

透过老花镜

目光变得安稳
守着我这棵老树
不肯去远方游荡
生命的激情退去
眼睛的晶体
出现浑浊的黑纹
透过老花镜
阅读温暖的文字
感受老年来得太早

2014年3月10日

声音的种子

风吹来
声音的种子
飘进卧室
我躺在床上
听清脆的种子
在黑暗中播撒
这是一只春天的野猫
发情时叫出的声音
我睁着眼睛
注意它生根的瞬间

2014年3月10日

开始的时候

夜里的一场雨
将铍一样的霾洗净
阴沉的雨天
摘不出野猫身体里的情欲
它一夜的狂叫
唤来天色的大亮
割裂的睡眠
虐待我的精神
清晨吃的米饭
一粒粒的无味
我陷入绝望之中
随手翻开一本书
开始的时候

2014年3月12日

看一眼墙上的表

在黄昏
天色暗下来
我戴上老花镜
读一本诗集
诗人激情地讲述
对远方的思念

春风发情一般
疯狂地拍打窗玻璃
我看一眼墙上的表
到了做饭的时候

2014年4月3日

吞咽草的味道

八月乘着大巴车
我来到草原
眼睛中装满辽阔
绿草中泛出黄色
触摸秋天
我看不见羊群
心中的浪漫和激情
被残酷撕碎
一匹马驮着牧人
影子一般地飘来
站在蒙古包前
透过敞开的门
注视铺位上的被子
渗出的脏污
无数过往的游人
盖着它躲过夜的寒冷

今夜我将和他们遗下的气息

相聚在一起

回忆草原游玩的日子

我吸一口气

吞咽草的味道

           2014年8月2日

标注音符下

夜的长笛
在街灯下泛着金属的光泽
风的唇贴在笛孔
吹出凄美的长曲
508路公交车
闪着孤独的眼睛
切断长笛的曲子
重新响起的笛声
潮湿地生长
牵出我的思乡之情
标注音符下

2015年1月1日

感受金色的灼伤

阳光啄碎阴云的厚壳
露出毛茸茸的光
抖落身上的湿潮
连绵的雨天
瞬间变作记忆中的故事
阳台上黑色的购物车
竖在角落里
等待着带体温的手
拉着它走向超市
沐浴阳光中
目光感受金色的灼伤

2015年5月30日

突发的奇想

抓住一颗雨滴
拉成一只尺子
标上精确的刻度
我要用它丈量时间
注明一段段记忆
扯一块潮湿的灰云
打制精美的盒子
将尺子放进去
保存新鲜的气息

2015年6月4日

讲述记忆的故事

窗台上有一把剪刀
锋利的刀刃
讲述记忆中的故事
准备拿起它
从窗口剪下一块阴云
我用它叠成船
载着我的情感
驶向遥远的北方
吹出一声口哨
拉响起航的汽笛
时间中多一分告别

2015年5月31日

搭乘金马车

阳光如同一架金马车
从遥远的地方奔驰
突破阴云的封锁
我拉开窗子
望着远处的缙云山
露出真实的面貌
金色温暖的目光
心灵收拾妥当
想搭乘金马车
奔向远方的故乡

2015年6月8日

练习演奏

太阳从缙云山升起
光线在空气中射出
我摘取一根
做一支金色的笛子
在房间里演习演奏的姿势
吹出的音符
向窗外的山中疾飞
它们和草木相会
举办狂欢的舞会

2015年6月11日

目光爬出苔藓

一滴阴湿的光线
坠入孤独的茶杯中
茶汤漂浮的叶子
宛如一条条寂寞的鱼儿
它们捕捉光的食物
身体埋下思想的种子
我端起这杯热茶
闻出忧伤的气息
窗外的梅雨
淋湿记忆的石头
我饮一口茶
目光爬出苔藓

2015年6月19日

沿着这条河漂流

沿着这条河漂流
从沉重的梦中醒来
一条光的根须
从窗帘的缝隙探进
它将房间的黑暗割断
形成光的河流
我的目光是漂木
沿着这条河流漂走
寻找流淌奶和蜜的家园

2015年6月18日

挥动手中的勺子

孤独抛在屋子里
丢弃的垃圾一般
躲在角落里
不肯向窗外眺望
闷热的夏天
热气凝滞不消
阳光下快速生长
桌子上切开的西瓜
露出血色的果肉
几枚黑瓜子潜伏其中
向孤独的影子
抛出勾引的媚眼
挥动手中的勺子

毫不留情地伸出
将这条道路斩断
我要让黑瓜子
在我胃中温暖的地方
长出新的果实

        2015年7月18日

让湿冷灼疼

光的枝杈
伸向夜的天空
雨珠栖息上面
南国的冬夜
闪着金属的光泽
湿冷的风疾飞过去
抖落礼花一般的雨珠
孤独的声音
使夜更加清冷
我躲在伞下
小心地伸出手
留住它们叙旧
却被湿冷灼疼

2015年5月11日

第六辑　诗选（2014~2015 年）

雨的盛宴

我望着窗外
果实一般的雨珠
在春的天空坠落
亲吻大地
发出清脆的响声
这是好客的沈阳
举办雨的盛宴
欢迎远方的漂泊者

2016年5月3日

嘹亮地在雨中飞行

雨清洗脏污的城市
我仍然散步
打着蓝格布伞
穿过早市旁的小路
走向黄河大堤
雨敲打伞面上
讲述古老的故事
空寂的堤上
两边的林木
只有鸟儿湿润的叫声
嘹亮地在雨中飞行
我的目光受邀请
寻找林间多情的鸟儿
渴望会面的情景

2016年7月15日

敞开窗子交给风儿

冬天是我的季节
渴望信笺一样的雪花
降落写字台上
空气中弥漫清寒的气息
在时间中
写出一段多情的话
还是感伤的情绪
将它们寄往远方
风儿是毛躁的快递员
等得不耐烦
敲打玻璃
不断地发出催促
身体的温暖没有焐暖笔尖

写上字的信笺
装入时间的信封里
敞开窗子交给风儿
一程思念在冬天跋涉
奔向远方的人儿

2016年11月22日

旷野升起篝火

阴沉的日子
独自在黄河堤坝上散步
风儿吹拂枯黄的落叶
堤下的村庄隐藏灰色中
今天是小雪
盼望飘下一枚雪花
用情感的火柴
燃起林间的落叶
旷野升起篝火
迎接初雪的到来

2016年11月21日

梦生出新芽

我躺在床上
头疼欲裂
疼痛是破旧的拖拉机
在脑袋中轰鸣
盖上被子忍受折磨
等待进入睡眠
冬日的阳光
从窗子挤进来
烙下一片温暖
梦在发芽
我好奇地打量
想听它讲述什么
情感贪婪地扑过去
这时意外发生
客厅中的电话响起
音符排着队伍飘来

我被激灵一下
所有的梦想消失
穿着拖鞋
奔向音符的源头
接起电话
是快递员的通知
邮购的新书
让我下楼接货

      2016年11月27日

寻找字的谜底

文字敲响冬日

截住一个字

不费力气掰开它

扑来的温暖

让我有了流浪的念头

与这个字相遇是缘分

我用它做核心

写出一行诗句

穿着上羽绒服

脖子戴上一条围巾

走进街头人群中

寻找字的谜底

2016年12月2日

带着冰冷的诗意

今天是大雪
二十四节气
带着冰冷的诗意
写在时间中
清晨阴郁的天气
传达着雪来了的信息
八点一过
却是阳光灿烂
又一个清爽的冬日
独自在黄河堤上散步
感受寒风的恣意
系上领口的扣子
免得它撞上温暖的身体

望着天空
等待六角形的雪花
它成为渴望的梦
在遥远的地方

2016年12月7日

片 断

鸟儿的叫声中
走在大堤坝上
一根荻草
冬日的风中抖动
如同一部回忆录
讲述过去的事情
循着鸟儿声望去
它栖在萧条的枝头
对着新升的太阳歌唱
这是记忆中的片断

2016年12月7日

清寒中的感受

鸟儿的叫声
如同在宣纸上
画出情感丰富的曲线
描绘出冬天的萧索
鸟儿栖落枝头
打量空旷的野地
每一声鸣叫
倾吐出清寒中的感受
讲述冬天的故事

2016年12月9日

等待睡眠那个怪物

我渴望睡眠
身体在床上摆成人字
放松一切
调整均匀的呼吸
远处传来汽车奔跑声
犹如一个落地的玻璃杯
碎裂的尖锐声
扯破夜的安静
我闭着眼睛
等待睡眠那个怪物
海潮一般地卷来
将我淹没
吞入它的腹中

2016年12月31日